Isabel Rümpler

Frühlingserwachen

Eine geheimnisvolle Reise

Titel:

Frühlingserwachen

Eine geheimnisvolle Reise

Autorin: Isabel Rümpler

ISBN 978-3-947110-39-1

Illustrationen:

Silke Navia Fruth
Dr. med. Franziska Jackson
Ute Biege

Produktion Youtube-Video:
André Andraschek

Covertypografie/Innenlayout:
Peer Stone

Herausgegeben von

Augusta Presse und Verlags GmbH

www.Leseschau.de

Kontakt: info@Leseschau.de

Bucher Straße 23 • 13127 Berlin

Tel. 030/692021051 • Fax 030/692021059

*** Quellennachweis

Der kleine Prinz (Originaltitel: Le Petit Prince von 1946 Editions Gallimard Paris) von Antoine de Saint-Exupéry – Verlag Volk und Welt Berlin – 10. Auflage von 1986 – Kapitel XXl Seite 72

Inhalt

Frühlingserwachen

1. Am frühen Morgen

Es war ein schöner und sonniger Morgen. Die kleine Lily wachte in ihrem kuscheligen Bettchen auf. Sie reckte und streckte sich und sah sofort aus dem Fenster. Jeden Morgen begrüßte sie den neuen Tag am offenen Fenster und atmete die frische Luft tief in sich ein und wieder aus. Der zweite Blick ging in Richtung ihres Lieblingsbaumes. Es war eine dicke alte Buche. Jeden Morgen wollte sie wissen, ob endlich kleine grüne Spitzen von den Krokussen oder weiße Spitzen von den Schneeglöckchen zu sehen waren. Diese wuchsen in Hülle und Fülle um den Baum herum. Und weil dicke außergewöhnliche Wurzeln vom Stamm des Baumes austrieben, wuchsen diese Blumen auf einer leichten Anhöhe der Wurzeln. Genau dort taute auch der Schnee zuerst und machte Platz für das erste frische Grün.
Um sicher zu sein, was die kleine Lily gesehen hatte, holte sie ganz flink ein Fernglas aus der Schublade heraus und schaute wieder in Richtung Baumwurzeln. Ihr Herz schlug schneller und machte einen Sprung vor Freude. Sie hüpfte auf der Stelle wie Popcorn in der Pfanne.

Ja, es waren die ersten Frühjahrsblüher zu sehen. Zügig zog Lily ihren kunterbunten Schlafanzug aus und um noch schneller zu sein, schnappte sie sich ihre Anziehsachen vom Vortag und zog diese nun wieder an. Ruckzuck schlüpfte sie, an ihrer Mutter vorbei, in ihre warm gefütterten roten Gummistiefel.

Ein eiliges: „Guten Morgen Mama", ging über Lilys Lippen und noch ohne Jacke trat sie aus dem Haus. Ihre Mutter konnte gar nicht so schnell schauen, wie ihre Tochter an ihr vorbei und raus, in die kühle frische Luft, huschte. Doch wie eine Mutter so ist, wusste sie genau, was ihre Tochter vorhatte. Zeitnah ging sie in die Küche zurück, holte die frisch gebackenen Brötchen aus dem Ofen und bereitete das Frühstück weiter vor. Lilys

Mutter bestand darauf, dass möglichst viel frisches Obst und Gemüse neben den anderen Leckereien auf dem hübsch gedeckten Frühstückstisch standen.
Als Renate, Lilys Mutter, damit fertig war, schlüpfte sie in ihre Schlappen, zog sich ihren Mantel an und ging nach draußen. „Mit wem sprichst du?", fragte sie ihre Tochter. Denn niemand war zu sehen. „Ach mit niemanden", antwortete Lily ganz verträumt. Jetzt konnte auch ihre Mutter die grünen und weißen Spitzen erkennen. Sie waren noch so klein, dass man beinahe eine Lupe dafür brauchte. Sie freute sich für ihre kleine Lily, denn sie schien überglücklich zu sein. Nur mal so am Rande, so klein war ihre Lily nicht mehr. Inzwischen war sie schon 9 Jahre alt, nur die Zeit verging so schnell, dass es noch immer ihre kleine Lily war.

Weil Lily draußen doch etwas kühl geworden war, ging sie in das Bad und zog sich ihren wuschelweichen Bademantel darüber. Darin eingekuschelt setzte sie sich in der Küche auf ihren Stuhl und aß gemeinsam mit ihrer Mutter das leckere Frühstück ganz in Ruhe, denn es war Samstag. „Was machen wir heute?", fragte Lily ihre Mama. „Ich möchte noch das Bad und die Küche putzen, magst du mir dabei helfen? Nach dem Mittagessen können wir gerne etwas machen, worauf du Lust hast", antwortete ihre Mutter. „Ich würde dir gerne helfen, doch habe ich noch eine Hausaufgabe im Sachunterricht. Wir sollen Frühjahrsblüher beschreiben und vergleichen, was sie von Sommerblumen unterscheidet. Und wenn wir Lust haben, noch ein Bild dazu malen. Dafür gehe ich am besten raus in den Garten und schaue mir das Ganze noch mal aus der Nähe an", entgegnete Lily. Dagegen konnte ihre Mutter wirklich nichts sagen, denn Hausaufgaben gingen nun mal vor.

Doch zunächst ging Lily ins Bad. Sie machte eine Katzenwäsche, putzte sich die Zähne und schlüpfte aus ihren Anziehsachen vom Vortag wieder raus und in die neuen Sachen hinein. Sie liebte den Duft nach Blumen in ihren frisch gewaschenen Anziehsachen und atmete ihn tief ein. Danach kämmte sie noch in Ruhe ihre langen lockigen Haare.

Als sie endlich mit allem fertig war, zog sie ihre Lieblingsstiefel und ihre Kuscheljacke an. Noch ein letzter prüfender Blick im Spiegel und dann ging sie nach draußen.

2. Im Garten

Lily liebte den Garten ihrer Mutter. Alles war so perfekt und in einer wunderbaren Ordnung angelegt. Gleichzeitig wirkte alles vollkommen natürlich, als hätte die Natur ihrer Mutter ins Ohr geflüstert, wie sie ihren Garten anlegen sollte. Doch Lily wusste auch, dass nichts durch Zufall geschieht. Die Sonne stand noch niedrig und ließ alles in einem wundervollen sanften Licht erscheinen.

Lily schaute sich jetzt genau und in voller Aufmerksamkeit im Garten um. Sie stand noch immer vor dem Haus, wie sie hinaus getreten war. Links vor ihr, auf Küchenhöhe, war ein kleiner Kräutergarten angelegt. Selbst den Winter haben viele Kräuter überlebt und warteten darauf, endlich weiter zu wachsen.

Der Kräutergarten ihrer Mutter war im ganzen Dorf bekannt. Wenn jemand eine Krankheit hatte, kam er oft direkt nach dem Arztbesuch zu ihrer Mutter und holte sich die entsprechenden Kräuter zur unterstützenden Heilung ab oder ließ sich einfach nur beraten. Lily war oft dabei, wie ihre Mutter den Leuten aus dem Dorf über die heilsame Wirkung der Kräuter erzählte. Daher wusste sie mit ihren 9 Jahren schon jede Menge darüber und war auch ganz stolz darauf. Nun sah sich Lily den Kräutergarten bewusst und in Ruhe an.

Zu den Kräutern gehörte Salbei, der gut für Hals und Magen ist. Thymian wirkt Wunder bei Husten und hilft gegen Verstimmungen bei Kindern. Zitronenmelisse wirkt beruhigend am Abend und hilft bei leichten Schlafstörungen, natürlich als Tee zubereitet. Die Pfefferminze war durch den Winter ganz schön in Mitleidenschaft gezogen. Doch sie verbreitet sich sehr schnell und daher war es nicht schlimm. Pfefferminze wirkt kühlend im Sommer, gegen Bakterien, also antibakteriell und beruhigend. Der Rosmarin sah auch nicht mehr so schön aus, doch schon bald wird er neu austreiben und zum Beispiel bei Bauchweh helfen.

Rosmarin schmeckt zu Kartoffeln sehr lecker. Eines ihrer Lieblingsgerichte waren nämlich Rosmarinkartoffeln, ganz ohne irgendetwas dazu, damit Lily den vollen Geschmack genießen konnte. Doch zu dem Kräutergarten gehörten noch drei große so genannte

Erdbeertöpfe. Das sind Töpfe mit Etagen. Diese wurden erst ab Mai frisch bepflanzt mit Basilikum, Petersilie, Kresse, Oregano, Schnittlauch und Dill, den Lily allerdings gar nicht mochte.

Hinter dem Kräutergarten am Zaun wuchsen mehrere Sträucher. Verschiedenste Johannisbeeren, Stachelbeeren, Himbeeren und Brombeeren. Die Sträucher hatten einen sonnigen Standort und wunderbare Erde. Daher war die Ernte mehr als reichlich. Weil diese riesigen Mengen von ihnen gar nicht gegessen werden konnten, machte ihre Mutter die wunderbarsten und leckersten Mischungen an Fruchtaufstrichen. Wenn im Dorf jemand bezüglich der Kräuter um ihre Hilfe bat, kauften einige von ihnen gleich ein bis zwei Gläser Fruchtaufstrich als Dankeschön von ihr ab. Dafür gab es ein extra Sparschwein als Urlaubskasse.

Hinter den Kräutern und vor den Obststräuchern waren zahlreiche Beete angelegt. Jedes Jahr wurden sie unterschiedlich bepflanzt oder mit Samen und Knollen besteckt. Auf diesen Beeten wuchsen im Frühjahr Radieschen, Möhren, Kohlrabi und verschiedenste Salate. Im Sommer oder Spätsommer konnten Bohnen und natürlich dazugehöriges Bohnenkraut, Tomaten, Zwiebeln und Kartoffeln geerntet werden. Im Herbst gab es dann noch Rosenkohl, Spinat und Mangold. Ohne den Beruf als Schriftstellerin, hätte ihre Mutter keine

Zeit für den Garten gehabt. Auch dies passte perfekt zusammen, denn ihr Mädchentraum war es gewesen, Schriftstellerin zu werden und einen üppig schönen Garten zu bewirtschaften.

Rechts von den Beeten ging ein bunt gepflasterter Weg bis zum Garten- und Eingangstor. Am Ende des Gartens, also hinter den Beeten, waren allerlei Blumen als Zwiebel oder Pflanze in der Erde. Jene waren so angeordnet, dass zu jeder Jahreszeit, bis auf den Winter, etwas blühte. Auch Unkraut war an diesen Stellen erlaubt, denn manches so genannte Unkraut kann sehr gesund sein. Die Natur beschenkt uns mit Pflanzen, die unsere Heilung unterstützen oder einfach nur gut tun. Und rechts von dem Weg wuchsen Blumensträucher. Forsythien, weißer und lila Flieder sowie von ihr und ihrer Mutter geliebten Freilandhibisken. Auf dem vorderen Teil des Gartens schien vormittags die Sonne und auf dem hinteren Teil des Gartens zum Nachmittag und Abend.

Um das Haus herum waren einfache Wege aus kleinen Steinen angelegt. Die Steine waren lose und konnten jederzeit ausgetauscht werden. Ihre Mutter hatte die Angewohnheit, von jeder Reise wieder neue Steine mitzubringen und diese hin und wieder auszutauschen. So ging Lily nun auf den Steinen um das Haus herum. Auf dem hinteren Teil des Grundstücks war eine wunder-

schöne, üppig und bunt bepflanzte Terrasse mit einem kleinen Steingarten. Dahinter war eine wilde Wiese mit einer Vielzahl von Obstbäumen und natürlich ihrer heiß geliebten Buche.

Lily freute sich schon jetzt auf die süßen Früchte der Obstbäume, denn sie mochte Obst noch lieber, als Gemüse. Sie träumte von den leckeren großen Süßkirschen, den gesunden Aprikosen, den süß saftigen Reineclauden - einer Edelpflaume - und ihren Lieblingsäpfeln, der Sorte James Grieve. Lily gab sich so sehr ihrem Tagtraum hin, dass sie die süßen Früchte auf ihrer Zunge schmecken konnte.

So langsam war sie wieder mit ihrem Bewusstsein im Garten angekommen. Links außen am sonnigsten Platz stand ihre Lieblingsbuche. Langsam ging sie zu ihr rüber. Ein paar Sonnenstrahlen erreichten schon den Baum. Ihr Herz schlug schneller, als Lily zu der Buche und den ersten Knospen der Frühjahrsblüher ging.

Lily setzte sich langsam und behutsam auf die höchste Baumwurzel. Dann lehnte sie sich an den kraftvollen Stamm an und bekam ein leises: „Hallo?", aus ihrem Mund heraus. Ihr Blick fiel direkt auf die weißen Spitzen der Schneeglöckchen sowie die grünen Spitzen der Krokusse. Sie war so aufgeregt, dass sie nur noch ihren Herzschlag spürte.

Lily schloss die Augen, um besser hinhören zu können. Doch nichts, keine leise Stimme konnte sie vernehmen. Mit geschlossenen Augen versuchte es Lily noch einmal.

„Hallo?", kam noch leiser aus ihr heraus. In diesem Moment erinnerte sie sich, dass einmal eine gute ältere Frau zu ihr gesagt hatte, dass sich die meisten Naturwesen bis zum ersten Maientag bedeckt- und zurückhalten. Viele der unsichtbaren Wesen begeben sich über den Winter in die Erde, um den Boden fruchtbarer zu machen oder fliegen nach Hause, wo auch immer das Land der Feen und Elfen ist.

Lily wurde traurig. Sie war sich sicher, dass einige ihrer Freunde schon in ihrem Garten waren. Sie legte ihre linke Hand aufs Herz und noch bevor sie ihre Augen öffnete, huschte ein kleiner Schauer über ihren Rücken. Jetzt wusste sie, dass sie doch nicht alleine war. Ein großes Lächeln breitete sich in ihrem Gesicht aus. „Ich freue mich auf euch", sprach Lily zu ihren unsichtbaren Freunden. Und in genau diesem Moment flog eine Buchecker auf ihre Nase, die den ganzen Winter über, an einem zierlichen Zweig gehangen hatte. Jetzt strahlte sie noch mehr, denn sie wusste, dass ihre Freunde Schabernacks liebten.

Vor allem Zwerge und Trolle spielen sehr gerne Streiche. Während Feen und Elfen ihre Aufgabe haben und denen auch nachgehen, scheinen die anderen kleinen Wesen, den ganzen Tag nur Unfug zu machen. Sie haben jeden Tag ihre Freude. Zwerge und Trolle sind oft an Pilzkreisen oder Pilzstraßen zu finden. Also wenn Pilze im Kreis oder hintereinander her wachsen.

Feen und Elfen dagegen halten sich oft in der Nähe von Glockenblumen auf oder fliegen auf Libellen und Schmetterlingen umher. Das sind natürlich nur kleine Hinweise, um diese wundervollen Wesen nicht zu vergessen, denn in Wirklichkeit sind sie überall, dachte Lily.

3. Die Hausaufgabe

Wie aus einem Traum erwacht, erinnerte sich Lily an ihre Hausaufgabe. Sie schaute sich die kleinen heranwachsenden Frühjahrsblüher ganz genau an. Was unterscheidet diese von Sommerblumen, fragte sie sich selbst. Folgende Antworten schossen ihr durch den Kopf. Es sind die ersten Blumen im neuen Jahr. Sie sind deutlich kleiner als Sommerblumen. Vielleicht blühen diese auch länger, zumindest kam es Lily so vor. Frühjahrsblüher bleiben oft als Zwiebel in der Erde und wachsen jedes Jahr neu. Sie wirken zarter und sind nicht ganz so farbintensiv wie Sommerblumen. Vielleicht weil sie eben viel kleiner sind. Wobei Tulpen, die etwas später blühen, schon sehr bunt und größer sind.

Also kann zwischen den ersten und den späteren Frühjahrsblühern unterschieden werden. Die späteren haben mit den Sommerblumen mehr Gemeinsamkeiten, stellte Lily fest. Innerlich fotografierte sie das Bild, ging fix ins Haus und malte es auf. Danach schrieb sie die Unterschiede der Frühjahrs- und Sommerblumen in Schönschrift auf. Alles was sie liebte, schrieb Lily in Schönschrift und gab dem Ganzen somit eine besondere Note.

Inzwischen hatte ihre Mutter das Mittagessen fertig. Hungrig ging Lily in die Küche und trank erst einmal ein großes Glas Wasser. Danach konnte ihr Appetit mit frischen Pellkartoffeln und selbst gemachtem Kräuterquark gestillt werden. Nach dem Essen unterhielten sich Mutter und Tochter ausgiebig. Lily erzählte von der Hausaufgabe und zeigte ihrer Mutter das frisch gemalte Bild. Renate, ihre Mutter, war total überrascht, weil das Bild genauso aussah, wie der hintere Teil des Gartens. Sie nahm ihre Tochter in die Arme und hielt sie lange fest an sich gedrückt. Lily wusste, dass sie genau so ihre Bewunderung zum Ausdruck brachte.

Für Renate war Lily, neben ihrem geliebten Beruf und ihrem traumhaft schönen Garten, das Wichtigste im Leben. Lilys Vater starb leider kurz nach ihrer Geburt bei einem Autounfall. Da Lily ihren Vater nie kennengelernt hatte, vermisste sie ihn auch nicht so sehr. Und das war gut so. Denn so konnte Renate ihre Trauer leichter verarbeiten. Nach all den Jahren vermisste sie ihren Mann noch immer. Er wäre stolz auf seine kleine Tochter, und natürlich auf seine geliebte Frau, gewesen. Ihre Trauer verarbeitete sie in zahlreichen Romanen, wovon einige äußerst erfolgreich waren. Der Mittag war verflogen und beide einigten sich auf einen Spaziergang durch den Wald zur Pferdekoppel. Mutter und Tochter liebten Pferde gleichermaßen.

4. Die Vorfreude

Das Wochenende verging wie im Flug und die neue Schul- und Arbeitswoche stand an. Im Sachkundeunterricht trug Lily ihre Hausaufgabe vor und bekam von der Lehrerin die Note „sehr gut". Nach der Schule ging Lily sofort in den Garten zu ihrem Lieblingsbaum, der Buche. Sie konnte fast zusehen wie die Schneeglöckchen und Krokusse wuchsen. Auch die gelben Winterlinge konnte sie jetzt erkennen. Immer wieder setzte Lily sich auf die dick erhobene Wurzel und lauschte mit ihrem Herzen. Sie konnte zwar ihre unsichtbaren Freunde noch nicht hören, doch es war nur eine Frage der Zeit.

Lily konnte sie fühlen und aus ihrem Augwinkel auch ab und an erkennen. Das reichte ihr vorerst aus. Sie fühlte sich nicht mehr alleine, wie manchmal im Winter. Lily hatte wenige Freunde und nur eine beste Freundin.

Sie interessierte sich nicht für Markenklamotten, Schminke und andere, für sie unwichtige, Dinge. Das machte Lily zwar etwas zum Außenseiter, aber das störte sie nicht. Sie liebte die Natur, die Sonne und den Wind auf ihrer Haut. Und dies konnte sie nur mit ihrer besten Freundin Tanja teilen. Die beiden Freundinnen hatten sich beim Reitunterricht kennengelernt.

Obwohl Lily auf einem Dorf aufwuchs, war sie ein halbes Stadtkind. Ihre Schule lag in der Nachbarstadt. Und aus dieser Stadt waren all die anderen Kinder in ihrer Klasse. In ihrem Dorf wohnten fast nur noch ältere Menschen oder größere, jugendliche Kinder.

Die Tage wurden endlich länger und der Wonnemonat Mai nahte.

Jeden Abend im Bett bedankte sie sich für den schönen Tag und für ihren gesunden kraftvollen Körper. Danach ging sie in Gedanken zu ihrem Lieblingsbaum und schlief mit einem Lächeln auf ihren Lippen ein.

Der Frühlingsanfang war in diesem Jahr ganz besonders schön. Nachts regnete es und am Tag schien die Sonne. Das war für Lily natürlich ideal, weil sie jeden Tag draußen rumtollen und ohne Regen ausreiten konnte. Ostern war inzwischen vergangen und die meisten Frühjahrsblüher welkten bereits. Die Natur nahm ihren vollen Raum ein. Die meisten Laubbäume begannen zu grünen und die Obstbäume standen in voller Blütenpracht.

Lilys Mutter war fast jeden Tag im Garten. Sie hegte und pflegte ihre Kräuter und konnte auch schon die ersten Salate und Radieschen ernten. Beim Ernten half Lily besonders gern. Vor allem später bei den Obststräuchern, denn sie liebte es, direkt vom Strauch in den Mund zu naschen.

5. Der Erste Mai

Morgen ist der Erste Mai. Zum Glück ist es ein Feiertag, denn es war erst Freitag und noch kein Wochenende. Früher wurde im Dorf die Walpurgisnacht gefeiert und mit großem Lagerfeuer der Winter vertrieben. Die Menschen tanzten und feierten die ganze Nacht.

Der Mai ist der Monat der bunten Vielfalt und die Blütezeit vieler Blumen: Lilien, Pfingstrosen, Flieder, Gänseblümchen, Vergissmeinnicht, Maiglöckchen, Mohnblumen – alle erblühen in voller Kraft und Schönheit. Sie erwecken unsere Sinne und beflügeln uns. Nicht umsonst wurde der Vollmond im Mai als „Blumenmond" von unseren Ahnen bezeichnet.

Doch Lily wusste auch, es ist der Tag an dem alle Naturwesen zusammen kommen und ein großes Fest

feiern. Bevor Lily abends zu Bett ging, huschte sie noch einmal raus zu ihrer Buche. Sie setzte sich auf ihre Lieblingswurzel, lehnte sich an den Stamm an und schloss ihre Augen. Lily fühlte die Kraft, die von der Buche ausging, noch viel stärker. Sie war Eins mit dem Baum geworden. Beinahe wäre sie eingeschlafen, so entspannt war Lily in diesem Moment. Langsam öffnete sie die Augen und stellte fest, dass von den Schneeglöckchen und Krokussen fast nichts mehr zu sehen war. Nun war die farbenfrohe Umrandung des Baumes in einen tiefen Schlaf gefallen.

Glücklich ging Lily ins Haus zurück und machte sich ratzfatz fürs Bettchen fertig. Mutter und Tochter unterhielten sich noch kurz am Bett über die alten Bräuche zum ersten Mai. Danach fiel Lily in einen tiefen erholsamen Schlaf.

Als Lily etwas früher als gewohnt aufwachte, hörte sie Regentropfen auf dem Fensterbrett. „Nein!", schrie sie beinahe, „ausgerechnet heute muss es regnen?". Lily zog ihre Decke über den Kopf und begann zu weinen. Ein kleines Schluchzen kam aus ihr heraus. Zum Glück konnte ihre Mutter sie jetzt nicht hören. Lily hatte sich so sehr auf diesen Tag gefreut und nun das, Regen.

Eine Frage schoss Lily durch den Kopf. Feierten die Naturwesen auch bei Regenwetter? Doch wie sollte sie ihre unsichtbaren Freunde bei diesem Regenprasseln hören können? Lily war verzweifelt.

Da kam Lily dennoch eine Idee. Sie legte sich gemütlich auf den Rücken, faltete ihre Hände ineinander und legte sie auf ihre Brust. Dabei schloss sie ihre Augen. Das würde sie jetzt beruhigen. Sie atmete tief ein und aus und beobachtete einfach nur ihren Atem.

Tatsächlich entspannte sich ihr Körper, der zuvor in Aufruhr versetzt worden war. Langsam kroch sie unter der Decke hervor und stellte fest, dass der Regen deutlich nachgelassen hatte. Ein Lächeln glitt ihr über das Gesicht.

Sie beschloss an diesem Tag, erst nach dem Frühstück nach draußen zu gehen. Ihre Mutter hatte sich für den heutigen Tag besonders schick gemacht. Renate zog ihr Lieblingskleid an, denn auch für sie war es ein ganz besonderer Tag. Vor 5 Jahren entschied sie sich für einen Neuanfang und er war genau am ersten Mai.

An diesem Tag wurde ihr klar, dass sie ihren geliebten Mann für immer in ihrem Herzen tragen würde. Doch war es an der Zeit, weiterzuleben und glücklich zu sein. Lilys Mutter schien eine ganz besondere Frau zu sein. Sie versuchte aus jedem Tag das Beste zu machen und so oft es ging, fröhlich und glücklich zu sein. Auch wenn es nicht immer leicht für sie war, für alles alleine verantwortlich zu sein.

5.1. Das Geschenk

Renate hatte für diesen Tag eine Verabredung mit ihren Freundinnen aus der Stadt. Lily gelang es, ihre Mutter zu überzeugen, an diesem Tag das erste Mal allein im Haus zu bleiben. Sie freute sich riesig und fühlte sich gleich noch größer. Renate stellte für Lily alles bereit, um für sich mittags ein paar Nudeln zu kochen und die Soße vom Vortag aufzuwärmen. Sie erinnerte Lily auch noch daran, nach dem Kochen unbedingt den Herd auszustellen. Für Lily war das jedoch klar und alles kein Problem. Mutter und Tochter verabschiedeten sich und wünschten sich gegenseitig einen wunderschönen Tag. Und in genau diesem Moment kamen ein paar Sonnenstrahlen durch die Wolkendecke hindurch.

Lily machte sich im Bad auch hübsch für den Tag. Sie schlüpfte in ihre knallroten Gummistiefel und zog sich einen Regenmantel über. Noch ein letzter prüfender Blick im Spiegel und schwuppdiwupp huschte Lily nach draußen. Sie nahm noch ein Sitzkissen sowie eine Kuscheldecke mit raus, falls es noch zu kühl sein sollte. Vor der Tür atmete sie erst einmal die frische Luft tief in sich ein. Sie reckte und streckte sich und ging langsam hinter das Haus zu ihrer Buche.

Inzwischen hatte es aufgehört zu regnen. Welch ein Geschenk, dachte Lily. Sie begrüßte ihren Baum und setzte sich auf ihr mitgebrachtes Sitzkissen, natürlich auf ihre Lieblingswurzel. In die warme Decke eingekuschelt, lehnte sie sich an die kräftige Buche an und schloss ihre Augen.

Ihr Herz schlug schneller. Sie zögerte etwas und sagte dann ein dynamisches: „Hallo?“, in die Luft. Stille, nichts war zu hören. Der Baum war kraftvoll und hüllte sie in volle Geborgenheit ein. Lily fühlte sich pudelwohl und versuchte es noch einmal. „Hallo?“, kam über ihre Lippen. Jetzt konnte sie eine sanfte Stimme hören. Doch woher kam diese Stimme? Nicht von dieser Buche, das fühlte sie genau.

Lily öffnete langsam die Augen und stand auf. Sie versuchte sich zu orientieren, von wo sie diese Stimme vernahm. Sie ging in die Mitte der Obstbaumwiese. Und ein weiteres Mal sagte sie: „Hallo?“. „Hier bin ich“, konnte Lily jetzt ganz klar hören. „Wo bist du?“, fragte Lily. „Ich wohne im Apfelbaum“, antwortete die liebliche Stimme. Lily ging zum Apfelbaum, der in der Mitte der Wiese stand. Lilys Herz schlug nun noch schneller und sie traute sich zu fragen: „Wie heißt du?“. „Ich bin Tinka“, antwortete die Elfe. Lily wusste, dass die Naturwesen erst dann ihre Namen verrieten, wenn sie Vertrauen zu den Menschen aufgebaut hatten.

Tinka kannte Lily schon seit ihrer Geburt und beobachtete sie seit vielen Jahren vom Apfelbaum aus. Die Feen und Elfen vertrauen sich erst dann den Kindern an, wenn sie etwas größer und älter sind sowie offenherzig bleiben. Die meisten Kinder verlieren leider viel zu früh ihre Verbindung zu der Natur und der unsichtbaren Welt. Säuglinge und Kinder bis 3 Jahren können noch am besten und am leichtesten alle unsichtbaren Dinge sehen und wahrnehmen. Ganz egal, ob es die Auren, die Energiekörper von Menschen oder Bäumen sind oder eben diese kleinen wundervollen Wesen.

Lily hüpfte vor Freude. Sie sah sich den Apfelbaum ganz genau an und versuchte Tinka zu sehen. „Darf ich dich sehen?“, fragte Lily die kleine Elfe. „Ich bin auf dem Ast über dir“, antwortete Tinka. Lily kniff ihre Augen leicht zusammen, wie sie es auch beim Aurasehen machte, um Tinka besser sehen zu können. Tinka war leicht aufgeregt, denn sie hatte noch nie eine menschliche Freundin.

Es war eine junge Elfe, die noch viel zu lernen hatte. Tinka flog nun ein paar Kreise um Lily herum. Lily musste schmunzeln. Sie konnte sofort diese Energieform spüren, wusste jedoch nicht, dass es Tinka war. Sie fragte Tinka: „Was war denn das?". Nun musste auch Tinka schmunzeln. „Ich war das", war ihre Antwort. „Für mich war das ein vollkommen neues Gefühl, ganz anders als sonst", antwortete Lily.

5.2. Feen und Elfen

„Magst du mir etwas über Feen und Elfen erzählen?", fragte Lily ganz vorsichtig. Da Tinka vertrauen zu Lily gewonnen hatte, erzählte Tinka voller Freude. „Wir Elfen sind größer, als Feen. Deswegen hast du mich ganz anders wahrgenommen. Der Garten ist voller Feen, daher ist dir ihre Energie bekannter und vertrauter. Das Feenvolk ist ähnlich aufgebaut, wie ein Ameisenstaat. Kurz gesagt, besteht ein Ameisenstaat aus einer oder mehreren Ameisenköniginnen. Unter ihnen stehen Arbeiterinnen, Ameisensoldaten und Außenarbeiter. Die Arbeiterameisen gehen fleißig der Arbeit nach, die sie von Geburt an zugeteilt bekommen haben.

Bei uns Elfen ist das anders, wir sind dem Menschen ähnlicher. Kleinelfen lernen noch recht viel, jeden Tag etwas Neues dazu. So etwas wie Eltern haben wir nicht. Wir sind eine große Familie und lernen von den reifen „erwachsenen" Elfen. Wir lernen spielerisch, mit großer Begeisterung und Freude. Das unterscheidet uns übrigens von den Trollen. Diese haben Freude, wenn sie Schabernacks treiben. Wir Elfen haben wie Feen auch unsere Aufgaben. Also umso reifer und älter wir werden, umso mehr Verantwortung müssen wir übernehmen. Elfen wohnen hauptsächlich in Bäumen, vielleicht weil wir größer sind – fragte Tinka sich selbst. Obwohl wir Elfen und Feen unterschiedlich sind, arbeiten wir dennoch zusammen. Alles in der Natur ist gut organisiert, miteinander verbunden, hat seinen Platz und braucht seinen Raum.

Jede noch so kleine Fee hat ihre Aufgabe und das ein Leben lang. Feen helfen den zarten gebrechlichen Trieben aus der festen Erde heraus. Sie bewachen so gut sie können das Wachstum aller Pflanzen, hegen und

pflegen sie mit ihrer fröhlich singenden Energie. Es gibt ja auch Menschen, die mit ihren Pflanzen sprechen, die dann noch besser gedeihen, gesünder und kraftvoller sind. Neben den Pflanzenfeen gibt es ebenso Tierfeen. Tierfeen sind die Beschützer der Tiere und agieren wie Vorwarnsysteme, wenn eine Gefahr droht. Also ähnlich wie die Schutzengel bei den Menschen.

Wir Elfen haben mit Tieren gar nichts zu tun. Wir lieben und respektieren sie. Da übrigens Bäume und Tiere miteinander kommunizieren, unterstützen wir die Bäume, wenn zum Beispiel ein Sturm oder Unwetter droht. Der Baum zieht dann seine Aura zusammen und kräftigt seine Energie gebündelt im Zentrum. So können diese dann einen Sturm oder Unwetter oft unbeschadet überstehen. Da wir Elfen und ebenfalls die Feen sehr gern summen und singen, fühlen sich die Bäume, Pflanzen und Tiere durch uns bestärkt. So ähnlich, wie wenn ihr Menschen eure Lieblingsmusik hört.

Und eines haben wir alle gemeinsam, wir lieben das Leben. Wir haben eine wundervolle Aufgabe und sind immer gut gelaunt. Vielleicht kannst du liebe Lily, auch so leben wie wir. Alles was du tust, in und mit Freude tun, dann gelingt es leichter und besser. Ebenfalls, wenn du Erwachsen bist, dann einer Aufgabe nachzugehen, die dir Freude macht, die dich erfüllt. Das wünsche ich dir von ganzem Elfen-Herzen."

Lily lauschte ganz gespannt jedes gesprochene Wort von Tinka. Sie war überglücklich. „Ich danke dir sehr, liebe Tinka. Ich werde dich und deine Freunde nie vergessen. Ich trage euch in meinem Herzen", bedankte sich Lily bei ihrer Elfenfreundin.

„Ich muss nun langsam los zu unserem Maienfest. Wir feiern die Rückkehr des Lichts und die Zusammenkunft aller Naturwesen. Wir singen und tanzen bis Mitternacht, dann ist das Fest vorbei und dennoch feiern wir weiter, jeden Tag aufs Neue. Bis bald und auf Wiedersehen liebe Lily", verabschiedete sich Tinka bei ihr.

Die frische Luft und das viele neue Wissen haben Lily hungrig gemacht. „Sag mal Tinka", fragte Lily bevor die kleine Elfe davon flog. „Wie ist das bei euch, esst und trinkt ihr auch?" Tinka musste jetzt herzhaft lachen, weil eben ihre Antwort lustig ist. Tinka antwortete: „Ja, wir lieben es zu essen und zu trinken. Du kannst uns gerne etwas abgeben. Doch darfst du das, von dem wir getrunken und gegessen haben, nicht mehr zu dir nehmen. Weil dann alle Energie entzogen ist und das Essen ganz fade schmeckt".

Tinka musste noch immer herzlich lachen, weil sie schon oft erlebt hatte, wie Trolle einfach auf dem Gartentisch mitnaschten und die Menschen sich wunderten, warum das Essen so komisch schmeckt. Auch Lily schmunzelte nun und wusste, eines Tages würde sie das ausprobieren.

Lily verabschiedete sich noch einmal von Tinka und versprach ihr, bald wieder vorbeizuschauen. Kurz bevor Lily um das Haus herum ging, winkte sie ihren Freunden noch einmal zu.

Dann kochte Lily flink die Nudeln und wärmte die leckere Gemüsetomatensoße dazu auf. Als sie damit fertig war, machte sie natürlich den Herd auch wieder aus. Lily dekorierte ihren Teller mit Nudeln. Darüber streute sie den frisch geriebenen Parmesankäse und gab die leckere Gemüsetomatensoße noch oben drauf.

Sie setzte sich auf den Stuhl ihrer Mutter und schaute nach draußen auf den immer mehr grünenden Kräutergarten. Ganz in Ruhe und irgendwie müde, aß sie nun das selbst zubereitete Mittagessen. Sie trank noch einen großen Schluck Wasser, ging kurz ins Bad und danach in ihr Zimmer. Das war alles so aufregend. Sie kuschelte sich in ihr Bett und schloss die Augen. Sie wusste jetzt, dass die unsichtbaren Wesen die Natur beschützen und bewachen. Und dass durch ihre Liebe und Zuwendung, sowie die Liebe ihrer Mutter, die Ernte im Garten wieder reichlich sein würde. Voller Vertrauen und Dankbarkeit fiel Lily in einen tiefen, festen und traumreichen Mittagsschlaf. Als ihre Mutter heimkam, hörte Lily sie nicht mehr.

Nachwort - Auf Lilys Spuren

Bereits vor vielen Jahrzehnten schrieb Antoine Saint-Exupéry in seinem Buch: „Der kleine Prinz" - „Man sieht nur mit dem Herzen gut. Das Wesentliche ist für die Augen unsichtbar."***

Wie viel Wahrheit in diesen beiden Sätzen steckt. Für mich bedeutet es, wie wichtig es ist, mit seinem Herzen zu fühlen und zu hören. Den Verstand auch einmal abzuschalten und auf seine intuitive Stimme, die Stimme des Herzens zu hören.

Wann nehmen wir, egal ob Groß oder Klein, uns Zeit zum träumen, entspannen, fühlen und wahrnehmen. Babys in einem Alter ab ca. 3 Monaten machen dies tagtäglich, wenn sie nicht gerade schlafen oder trinken. Sie beobachten und nehmen wahr, sie beginnen alles zu erfühlen und zu ertasten. Dies gehört zu unserem Naturell - lebendig zu sein, Freude zu haben und wahrzunehmen.

Ich möchte dich gerne dazu einladen, die Lily-Natur in dir wieder zu erwecken. Der Frühling ist dafür eine wunderbare Jahreszeit. Die Natur beginnt farbenfroh zu leuchten. Beobachte doch zum Beispiel, wie sich mit jedem Tag aufs Neue, die Natur verändert. Die Bäume treiben aus und werden grün.

Und die Blumen blühen immer farbenfroher. Sogar am Wegesrand einer Straße kannst du Blumen entdecken und natürlich noch viel mehr. Die Vögel singen ihre wunderschönsten Lieder und die Vogelmännchen zeigen stolz ihre kunterbunten Kleider. Sie erleben jeden Tag mit Freude und genießen ihr Vogelleben, egal, ob es regnet oder die Sonne scheint. Mit Begeisterung bauen sie die Nester für ihre Jungen und das alles ohne auf die Uhr zu schauen, sondern im Rhythmus der Natur.

Insekten oder Kleinstlebewesen, wie Kaulquappen zu beobachten, kann gleichfalls faszinierend sein. Jedes Tier geht sorgfältig seiner Aufgabe nach und das obendrauf mit viel Lebensfreude. Oder ist dir schon mal eine Biene begegnet, die gelangweilt Nektar gesammelt hat?

Womöglich hast du auch schon einmal ganz in Ruhe einen Regenwurm oder eine Schnecke beobachtet, wie sie sich geschickt durch das Leben schlängeln?

Das Beobachten der Natur schärft unsere Sinne, wirkt entspannend und stärkt zudem unser Immunsystem. Dafür eignet sich ebenso ein Spaziergang im oder eine kleine Fahrradtour durch den Wald. Dies lässt sich hervorragend mit einem Picknick im Grünen verbinden. Und lädt zum Entspannen und Beobachten für die ganze Familie ein. Außerdem versorgen uns im Wald die Bäume mit den von ihnen abgegebenen Terpenen, die stärkend und kräftigend auf unser Immunsystem einwirken.

Und schon bist du mitten auf den Spuren der kleinen Lily. Wer mag, kann sich gerne an einen Baumstamm anlehnen, die Augen schließen und einfach nur träumen oder wahrnehmen. Mit wahrnehmen meine ich ganz bewusst fühlen. Du kannst dabei mit dem Baum in Verbindung treten und seine Kraft spüren oder dich ganz auf dich selbst konzentrieren und deinen innersten Wesenskern spüren. Vielleicht bemerkst du auch ein Kribbeln in deinem Körper oder du kannst die Liebe und die Kraft von Mutter Erde spüren? Alles ist möglich. Wenn wir Menschen in einem entspannten Zustand sind, sind wir fröhlicher, ausgeglichener und aus der Stille unseres Herzens können die besten Ideen entspringen.

Nun möchte ich dich auf eine geführte Fantasiereise einladen. Meditationen sind hervorragend zum Entspannen und Kraft tanken geeignet.

Frühlingsmeditation

Du kannst diese Meditation ganz bequem liegend auf deinem Bett oder gemütlich auf einer Couch durchführen.

Lass dir bitte diese Meditation ganz langsam und ruhig von einer dir vertrauten Person vorlesen oder gib folgenden Pfad im Internet zum Anhören ein: https://youtu.be/T7QLkxriHOQ

Schließe deine Augen und lass deinen Atem frei fließen. Fühle ganz sanft in dich hinein. Lausche deinem Atem und beobachte, wie er in deinen Körper hineinströmt, wie sich deine Bauchdecke hebt und wieder senkt. Atme ganz sanft, ganz ruhig, nimm einfach nur den Atem und den Raum in dir, in deinem Körper wahr.

Fühle, wie alle Anspannung und Anstrengung von dir ab- und aus dir herausfließen. Lass alles los und sei ganz bei dir, in deinem Körper.

Richte bitte jetzt deine Aufmerksamkeit in deinen Herzraum hinein. Fühle, wie sich dein Herz mehr und mehr öffnet, weitet und ausdehnt. Fühle die Tiefe und Weite in dir, in deinem Herzen. Fühle die Verbundenheit zu allem was ist.

Lass es zu und einfach geschehen. Nimm das Licht und die Liebe in dir und um dich herum wahr. Fühle, wie sich deine Herzenergie mehr und mehr ausdehnt, deinen gesamten Körper durchströmt und weitet.

Verbinde dich nun mit Himmel und Erde. Denke: „Ich verbinde mich mit Himmel und Erde". Jetzt!

Fühle, wie sich die himmlischen lichtvollen Energien über deinen Kopf in dich, in deinen Körper hineinfließen, durch deinen gesamten Körper hindurch, über das Wurzelchakra, durch deine Füße, tief in die Erde hinein. Und sich im Schoße von Mutter Erde verankern. Fühle in diese wundervolle Erdung hinein. Fühle die Standhaftigkeit und den Halt in dir, in deinem Körper. Erlaube nun, die licht- und liebevollen Energien von Mutter Erde über deine Füße in dich hinein fließen zu lassen. Atme das Licht, die Geborgenheit und Wärme von Mutter Erde ganz tief in dich, in deinen Köper hinein.

In deinem Herzraum verbinden sich nun Himmel und Erde. Atme diese wundervollen Energien noch tiefer in dich ein und über deinen Kopf, übers Kronenchakra hinaus in den Kosmos. Atme sanft und sei ganz und gar im Hier und Jetzt.

Wir begeben uns nun auf eine kleine Reise, eine Reise in das Traumland.

Stell dir vor, du liegst in deinem kuscheligen Bettchen. Fühle das weiche Kopfkissen, auf dem du liegst. Deine Decke hüllt dich ein und schenkt dir vollste Geborgenheit. Glücklich und zufrieden liegst du in deinem Bett und träumst einen wundervollen Traum...

Während du träumst, erwachst du mitten auf einer Frühlingswiese. Die Sonne scheint dir ins Gesicht und du blinzelst mit deinen Augen, bevor du diese wunderbare und unberührte Natur erkennen kannst. Du staunst, weil du so etwas Wunderschönes noch nie gesehen hast!

Auf einem zart grünen und weichen Moosbett sitzt du nun. Du schaust um dich herum und überall blühen Blumen in den wundervollsten Farben, kräftig und schön. Die Meisten von ihnen kennst du gar nicht, doch das ist nicht schlimm. Es kommt dir vor, als hätte der Himmel dir diese atemberaubende Blütenpracht ganz alleine geschenkt. Langsam erhebst du dich und stehst auf. Du fühlst dich etwas wackelig auf den Beinen und gehst Schritt für Schritt, um die Blumen nicht zu verletzen, von Blüte zu Blüte. Diese sind nicht nur unglaublich schön, sondern sie duften in den lieblichsten Tönen.

Langsam fällt dir auf, dass die Blütenfarben zwar kräftig, doch alle pastellfarben, also sehr zart und hell sind.

In der Nähe kannst du einen einzigen Baum erspähen. Er zieht dich magisch an. Sehr bewusst und bedacht läufst du auf diesen kraftvollen Baum zu. Sein Stamm ist breit und hat eine gräuliche, relativ glatte Borke. Seine Krone ist weit ausladend und hat einen gewaltigen Umfang, deren Äste bis zum Boden ragen. Seine Blätter sind smaragdgrün und glänzen im Sonnenlicht. Als du auf den Baum zugehst, kannst du seine Kraft immer deutlicher spüren.

Auf einem kleinen Moosteppich kniest du nieder und lässt diese Schönheit der Natur ganz in Ruhe auf dich wirken. Du nimmst einen tiefen Atemzug und schließt deine Augen. Du bemerkst ein Insekt in deiner Nähe und als du deine Augen öffnest, siehst du einen traumhaft schönen und großen Schmetterling auf deinem Hosenbein sitzen. Du beobachtest ihn eine Weile und stellst fest, dass du zuvor die Schmetterlinge, Bienen und Hummeln gar nicht bemerkt hast.

Erst jetzt hast du deine Augen für diese bezaubernden Insekten geöffnet und nimmst ihren Anmut und ihre ästhetischen Flug- und Sammelkünste wahr. So nah und so farbenprächtig hast du noch nie einen Schmetterling gesehen.

Nachdem der Schmetterling weitergeflogen ist, bemerkst du jetzt auch die Fülle an Vögeln in der Nähe des Baumes. Einige Vogelarten kommen dir bekannt vor, andere hast du ebenfalls noch nie gesehen. Es scheint jetzt Mittag zu sein, und die Vögel bauen fleißig ihre Nester. Alles läuft in einer klaren und friedlichen Ordnung ab.

Es ist ein Ort voller Magie und Zauber. Immer mehr ergreift dich diese liebevolle Kraft, welche die anmutige Buche ausstrahlt und du gehst weiter auf sie zu. Der Stamm ist so breit, dass sich mehrere Kinder dahinter verstecken könnten. Vorsichtig schiebst du einen Ast beiseite, um direkt an den Stamm zu gelangen. Vielleicht fühlst du dich, wie in eine andere Welt eingetaucht zu sein.

Du begrüßt diesen Baum wie einen alten Freund und dir wird ganz warm ums Herz. Intuitiv fühlst du seine Einladung, dich mit deinem Rücken an ihn zu stellen. Die Vögel sind ganz still geworden und hinter den Ästen kannst du die farbenfroh duftende Frühlingswiese erkennen. Du hast das Bedürfnis, deine Augen zu schließen und atmest jetzt ganz sanft ein und wieder aus. Plötzlich hörst du in deinem Inneren eine Stimme. Höre, fühle und lausche was sie dir zu sagen hat.

Du kannst auch dem Baum oder deinem Herzen eine Frage stellen.

Wisse, dass die Antwort bereits in dir vorhanden ist und erlaube dir, diese nun zu empfangen.

Fühle oder höre die Antwort in dir, in deinem Herzen. Nimm dir dafür einen Moment Zeit.

Fühle die Kraft und die Verbundenheit von Mutter Erde und lächle.

Nimm dieses Wissen, diese himmlischen Gefühle mit nach Hause und erinnere dich daran, jeden Tag aufs Neue.

Erlaube dir, zeitnah aus deiner Traumreise zu erwachen. Bewege nun deine Hände und Füße, öffne deine Augen und komm ganz langsam und bewusst ins Hier und Jetzt, in deinen Lebensraum zurück.

ENDE

Lilys Lieblingsrezepte

Fruchtaufstrich

Zutaten für 6 Gläser á 220 ml:

- 800g Erdbeeren
- 200g Stachelbeeren oder Rharbarber
- Saft 1/2 - 1 Bio-Zitrone
- 500 g Rohrzucker fein
- 4 EL (20g) Apfelpektin 100%
- 1 Zweig Zitronenmelisse (wer mag)
- 1 Portion Liebe und Freude

Zubereitung:

Früchte schneiden. Mit frischem Zitronensaft, 400g Rohrzucker in einen großen Topf (mit wenig Wasser bedeckt) geben, 5-10 Minuten kochen und danach von der Herdplatte nehmen. Das Apfelpektin mit den restlichen 100g Zucker gut mischen und langsam in die heiße Fruchtmasse einrühren. Nochmals aufkochen und unter Rühren weitere 1-2 Minuten kochen.

Den Aufstrich sofort in die Gläser füllen und verschließen. Die Gläser auf dem Kopf stehend abkühlen lassen. Den Fruchtaufstrich im Kühlschrank lagern, relativ schnell genießen und aufbrauchen.

Kleiner Tipp: Reife aromatische Früchte verwenden. Und beim letzten Aufkochen zum Beispiel einen Zweig Zitronenmelisse hinzugeben, diesen aber vor dem Abfüllen entfernen. Guten Appetit!

Mamas Rosmarinkartoffeln

- *600g neue oder Bio-Kartoffeln mittlerer Größe*
- *3 Zweige Rosmarin*
- *2 EL Olivenöl*
- *1 EL grobkörniges Himalaja-Salz*
- *1 Portion Liebe*

Zubereitung:

Die Kartoffeln gründlich waschen und auf einem Tuch abtropfen lassen. Die Rosmarinzweige kurz abspülen und trocken tupfen. Entgegen der Wuchsrichtung die Nadeln von zwei Zweigen Rosmarin abstreifen und mit einem Wiegemesser klein hacken. Ein Backblech mit Backpapier auslegen und mit Olivenöl bestreichen. Darauf das Salz und den gehackten Rosmarin verteilen. Die Kartoffeln längs halbieren und mit der Schnittfläche nach unten auf das Backblech legen. Das restliche Olivenöl über die Kartoffeln streichen und ein Zweig Rosmarin liebevoll zerrupft über die Kartoffeln verteilen. Den Backofen vorheizen (E-Herd: 200°C, Umluft: 175°C, Gas: Stufe 3) und die Rosmarinkartoffeln cirka 35-45 Minuten backen. Am Ende vorsichtig vom Backpapier lösen und liebevoll auf dem Teller anrichten. Dazu schmeckt ein leckerer Kräuterquark oder, wie Lily, einfach pur genießen. Guten Appetit!

Frischer Kräuterquark

Zutaten für 2 Personen

- *200g Bio-Quark*
- *50g Bio-Naturjoghurt*
- *1 EL frisches Leinöl*
- *1 Handvoll Schnittlauch, Petersilie, ein wenig Kresse*
- *1TL Zitronensaft, Salz, Pfeffer*
- *1 Prise Liebe*

Zubereitung:

Quark, Joghurt und das Leinöl liebevoll verrühren. Alle klein und fein gehackten Kräuter in die Quarkmischung geben und unterrühren. Mit der Hand den Saft einer halben Bio-Zitrone über der Quarkmischung auspressen, mit Salz und Pfeffer abschmecken.
Guten Appetit!

Rätselraten

Wie alt ist Lily?

__ 1__ __ __

In welchem Baum wohnt Tinka?

__ __ __ __ 2__ __ __ __ __

Zu welcher Jahreszeit spielt die Geschichte?

3__ __ __ __ __ __ __ __

Welcher Baum ist Lilys Lieblingsbaum?

__ __ __ __ 4__

Was mag Lily am liebsten im Sommer im Garten?

5__ __ __ __ __ __ __

Lösungswort: __ __ __ __ __

Vorschau

Schon im Sommer geht Lilys kunterbunte Reise weiter. Habt Ihr Lust auf ein weiteres Abenteuer?

Auf Lilys Pferdehof findet erstmals ein Reiterfest statt. Lily kann mit ihrer Idee für das Fest sofort ihre beste Freundin Tanja begeistern. Was haben sich die beiden Freundinnen wohl Besonderes ausgedacht?

Tinka ist natürlich auch dabei und verliebt sich in Feer, die Schutzfee von Peti, Lilys Pferd.

Auflösung zum Rätsel

Wie alt ist Lily?

N E U N

In welchem Baum wohnt Tinka?

A P F E L B A U M

Zu welcher Jahreszeit spielt die Geschichte?

F R Ü H L I N G

Welcher Baum ist Lilys Lieblingsbaum?

B U C H E

Was mag Lily am liebsten im Sommer im Garten?

N A S C H E N

Lösungswort: E L F E N